AF319638

NÉMÉSIS

EN PROVINCE,

SATIRES,

PAR

VICTOR LAPORTE.

VI SATIRE.

LES CANDIDATS.

BORDEAUX,

CHEZ LES PRINCIPAUX LIBRAIRES.

1846.

Bordeaux.—Typographie de SUWERINCK, rue Ste.-Catherine, bazar Bordelais.

LES CANDIDATS.

(Arcachon, le 15 Juillet 1846).

Ma Déesse frémit et bat des mains de joie
En me voyant saisir une opulente proie...
Enfin, j'ai pu quitter le sinistre chevet
Sur lequel, sans pitié, la douleur me rivait;
Je pourrai maintenant, avant qu'on ne l'énerve,
Sur un sujet brûlant voir s'embraser ma verve;
Je pourrai déchirer sous mes grinçantes dents
Aux honneurs du Forum ces menteurs prétendants;

Je veux, aux yeux de tous, que mon vers les dévoile,
Dussé-je mettre à nu leurs os jusqu'à la moelle...
Et dussé-je amputer sur mon sanglant étal,
Exécuteur public, ceux que ronge le mal. —
Quand la corruption s'augmente et se succède,
On voudrait m'empêcher d'apporter mon remède;
Un scalpel à la main, dans leurs flancs corrompus,
On voudrait m'empêcher d'interroger le pus,
Et d'aller rechercher, enlevant l'épiderme,
Du dévorant cancer l'épidémique germe? —
C'est en vain qu'aux regards de mes concitoyens,
Vous voulez déguiser vos perfides moyens :
Je vois toujours cachés, sous ce patriotisme,
Les voraces désirs d'un sordide égoïsme;
Adorateurs fervents d'un aveugle Plutus,
Je ne me trompe pas sur vos fausses vertus!—
Je saurai démasquer vos sonneurs de louanges,
Vos plats journaux flattant vos honteuses phalanges;
Et vous mets au défi, sous un masque de poix,
Comme en un guet-apens de bâillonner ma voix.

Allons, poète, allons ne brise pas ta plume,
N'éteins pas dans tes sens le tison qui s'allume,
Ton œil brille déjà, ton cœur bat, ton sang bout;
C'est l'instant du combat, —voici l'heure, —debout!

Vous tous, mes beaux parleurs, jeunes tribuns en herbe,
Qui promenez partout votre figure imberbe,
Et vous, hommes de poids, sérieux candidats
Qui vous prétendez tous dignes de nos mandats,
Avant de vous frapper d'une peine publique,
Sur vos beaux sentiments il faut que je m'explique;
Avant de les combattre ou de m'en faire un jeu,
Des miens je crois devoir d'abord faire l'aveu.
Je veux rendre avant tout nos luttes plus loyales,
Pour que, dans le combat, les armes soient égales;
Et qu'on ne dise pas : qu'avec soin cuirassé,
J'abuse d'un vaincu d'avance terrassé.

Comme on a vu parfois, la veille des batailles,
Certains peuples du sol entr'ouvrir les entrailles,

Pour y cacher, durant les chances d'un combat,
Leurs dieux hospitaliers et les lois de l'État;
De même, nous, durant la lutte générale
Qu'en France souleva la crise électorale,
A l'abri des lutteurs, aux irritants propos,
Portons en un lieu sûr nos augustes dépôts,
Et n'oublions jamais, à leur garde fidèles,
Qu'au milieu des éclats de nos vives querelles,
La Personne du Roi, notre Charte, nos Lois
Ne doivent pas subir l'atteinte de nos voix.
Pâles conservateurs, hommes sans caractère
Qui vous êtes vendus d'avance au ministère,
Vous allez me railler sur les chaudes amours
Que semble m'inspirer notre œuvre des Trois jours;
Vainement, en tous lieux, avec effronterie,
Vous vous direz les seuls soutiens de la Patrie;
On ne croira jamais ce langage impudent.
Le soutien du pays—c'est l'homme indépendant!
Le vrai conservateur, ayez-en l'assurance,
Veut, aussi bien que vous, le bonheur de la France;

Mais il ne subira ni honte, ni mépris
Pour jouir lâchement de la paix à tout prix.
Quel service peut rendre un menteur patriote,
Esclave, qui n'a plus même son libre vote,
Vorace, du Pouvoir qui s'asseoit au festin,
Et solde son écot dans l'urne du scrutin? —
Je viens, prétendez-vous, répéter dans mes rimes
D'un illustre orateur les récentes maximes;
A ce système étrange, en prêtant mon concours,
J'ose approuver de Thiers l'anarchique discours.
Et pourquoi pas? C'est vous, dénaturant son style,
Aux institutions qui le rendez hostile;
Conservateurs, c'est vous qui, criminels ou fous,
Dites : que de Lecomte il dirigea les coups.
Courrier de la Gironde, opprobre de la Presse,
Tu fus capable seul d'une telle bassesse!
Oui, c'est toi qui vomis, pour plaire à tes suppôts,
A la face de Thiers cet infâme propos!
Toi qui, pour imiter le style de *l'Époque*,
Ce langage ordurier dont l'odeur vous suffoque,

Imprime chaque jour, dans ton fangeux journal,

Des mots que la pudeur proscrit au carnaval!...

Et pourtant, dans ces jours de lutte électorale,

On puise en ce discours une haute morale.

De la corruption, pour extirper le mal,

Il faut anéantir tout principe vénal.

Il faut, sans hésiter, de la nouvelle Chambre,

Expulser avec soin l'incompatible membre

Qui vient se pavaner dans le Temple des lois,

Revêtu de publics et lucratifs emplois.

De ce fait reconnu maintenant, je prends acte,

Et déclare immoral ce politique pacte.

Certes, je ne dis pas que tous, aveuglément,

Vous donnez au Pouvoir un vil assentiment;

Mais je soutiens ici que, dans cette alliance,

Il exerce sur vous sa coupable influence.

Sans rappeler Pritchard et son indemnité,

La guerre du Maroc et son brillant traité

Par lequel les Français, généreux adversaires,

Soumirent à leurs frais l'ancien sol des corsaires,

Supposons un instant que trois cents députés

Aient reçu du Pouvoir places et dignités...

Eh bien! qu'un cabinet, que j'admets incapable,

Pour faire triompher quelque projet coupable,

Vienne solliciter un vote clandestin

De ceux dont il régit le fragile destin :

Franchement, croyez-vous, publics fonctionnaires,

Zélés conservateurs, vertueux doctrinaires,

Croyez-vous donc ainsi, contre un amendement,

Pouvoir risquer d'un coup votre gras traitement?

Un fidèle valet ose-t-il se permettre,

Quand il est bien payé, d'abandonner son maître?

Et vîtes-vous jamais un zélé serviteur,

Hautement s'acharner contre son protecteur?

Nous n'avons, dites-vous, que d'intègres ministres

Qui du vaisseau public éloignent les sinistres,

Hommes trop attachés à leur sacré devoir

Pour oser abuser d'un immoral pouvoir. —

Un pareil argument ne peut être admissible :
L'homme le plus parfait n'est jamais infaillible,
Et s'il se trompe enfin? Comme un vil souteneur,
Chacun de vous s'apprête à vendre notre honneur.
Vous le voyez, il faut que l'on se prostitue;
On ne peut résister sans qu'on vous destitue ;
Les gens de sa maison , dites, de bonne foi ,
Peuvent-ils librement voter contre le Roi?
Et maintenant surtout que l'on veut qu'il gouverne,
Qu'un ministre flatteur hautement lui décerne
Le mérite exclusif du bien en général ,
Voulant rester lui seul responsable du mal. —
Automates tribuns, qui composez le centre ,
Dans l'esprit de nos lois trouvez-vous que l'on rentre,
Lorsque dans son discours, bravant le décorum ,
Guizot n'ose nier ce fait en plein forum?
Ainsi, vous avouez que le Pouvoir s'écarte
Des principes formels consacrés par la Charte;
Ainsi, vous avouez aujourd'hui que le Roi
Parfois, dans son conseil, peut vous dicter sa loi.

Certes, je ne viens pas, sage et prudent Monarque,

T'empêcher de t'asseoir au timon de la barque.

Non, non, je ne viens pas, de mon vers subversif,

Rogner ta juste part du droit exécutif;

Mais je ne voudrais pas, sur un lourd portefeuille,

Voir tes hommes d'Etat, tremblant comme la feuille,

Subir ta volonté quand leurs combinaisons

Ne peuvent ébranler tes Royales raisons;

Mais je ne voudrais pas qu'abjurant le principe

Que lui-même en Juillet fonda le Roi Philippe,

Ils osent avouer que, sans l'actif concours

Des voix des trois pouvoirs, ton règne suit son cours.

Ta Personne, d'ailleurs, sacrée, inviolable,

Du bien comme du mal, n'est jamais responsable;

Or, puisque le Roi règne et ne gouverne pas,

Pourquoi contre nos droits faire ce nouveau pas? —

Blâmant pour le Pouvoir ceux qui votent quand même,

Contre ces plats valets quand je crie anathème,

Je ne puis approuver ces esprits entêtés,

Contre un sage projet d'avance révoltés.

Je ne veux pas, tombant dans un excès contraire,
Des ministres qu'on soit l'immuable adversaire. —
Je dis qu'un député, toujours impartial,
Doit approuver le bien et combattre le mal !

PREMIÈRE PARTIE.

Tout autour de Bordeaux , décrivant ma spirale ,

Je commence déjà ma course électorale ,

Et , me laissant guider par mon fidèle atlas ,

Je prends sans balancer la route de Bazas. —

Deux rivaux seulement parcourent la carrière :

Au sieur Henri Galos on oppose Servière.

De ce dernier venu vous devez faire choix

Et reporter sur lui vos incertaines voix ;

Il n'a pas sous le joug courbé son front servile,

Il est né, comme vous, au sein de cette ville,

Et vous ne devez pas, au moment du danger,

Livrer votre pays aux mains d'un étranger.

Si je viens jusqu'ici prêcher l'indépendance,

Si je cherche à miner ton reste d'influence,

Galos, des électeurs prenant les intérêts,

Si j'abuse envers toi d'électoraux secrets,

Je ne viens pas du moins, comme un brûlant ulcère,

Imprimer sur ton front la honte de ton frère ;

Je ne veux nullement, malheureux et proscrit,

Pour avilir ton nom, l'extraire de Madrid ;

Je n'ai pas contre toi de directe rancune ;

Ton frère en s'abîmant engloutit ta fortune,

Et tu perdis alors, dit-on, jusqu'à la dot

Que ta crédule épouse avait mise en dépôt.

Sensible à ton malheur, volontiers j'entérine

Les lettres de crédit que te fait la Marine,

Et d'un bouillant vainqueur modérant les transports,

Je ne veux pas le voir s'acharner sur ton corps.

Mais grâce à ton savoir, puisque l'on te protége,

De nouveau pourquoi donc affronter ce collége?

Trop heureux d'aligner tes groupes de zéros,
Tu devrais te borner aux soins de tes bureaux ! —

Consultant avec soin l'aimant de ma boussole,
Je ne me crois pas loin des murs de La Réole,
Où le bêlant troupeau des vils solliciteurs
A plus de candidats, dit-on, que d'électeurs :
Dotézac et Dussaulx, Hervé, de Lur-Saluce,
De Jouvence, Solar, entr'eux luttent d'astuce ;
Et France, l'électeur, le maire de Baigneaux,
Pour festoyer son juif allume ses fourneaux.
Éloignant son cheptel de l'herbe et des eaux vives,
Dans ses prés il fait paître un troupeau de convives,
Et le champagne aidant, au futur député,
Pour l'amour de son gendre, il porte une santé.
Raccourcissons d'abord cette liste vulgaire,
Tous ne méritent pas les honneurs de la guerre,
Hâtons-nous de biffer l'inamovible Hervé....
On n'exprime plus rien de ce cœur énervé ;

De lui-même, d'ailleurs, il s'est rendu justice ;
Il vient d'abandonner honteusement la lice ;
Egoïste soldat, content de son butin,
Il veut vivre éloigné des clameurs du scrutin. —
Pour Dotézac, l'honneur de la Messagerie,
Que réclame à grands cris sa mourante industrie,
Du politique char pour toucher l'aiguillon,
Pourquoi veut-il quitter le fouet de postillon?
Lieutenant-Colonel, ta triste compagnie
Ne pourrait remplacer ton éminent génie,
Et ton chemin de fer, loin de son protecteur,
Vers Cette ne pourrait marcher qu'avec lenteur.
Intrépide fumeur, la décente étiquette
A la Chambre d'ailleurs proscrit la cigarette ;
Or, sans ce talisman, malheureux et contrit,
Oubliant ton mandat, tu mourras de dépit.
Chez nous tu peux garder ta vieille renommée,
Et soufflant dans Bordeaux ta bleuâtre fumée,
Exploiter le brevet d'originalité
Que te valut jadis ta folle puberté.

Lur-Saluce est vendu ; de Jouvence, j'ignore

Si ses flots ont le don de rajeunir encore,

Par miracle, en ce cas, contre un pouvoir vieilli ;

Ce nouveau candidat sans doute a rejailli. —

Puis extirpons Solar le plus juif de l'Époque,

Cet écrivain vénal d'un talent équivoque ;

C'est en vain que Crugy, pour courir le canton,

Sur l'ordre de son maître a rasé son menton ;

Sans respect pour l'amour de ce tendre acolyte

On doute des serments de son israélite ;

En vain même il voudrait s'engager par écrit :

On voit toujours Judas trahissant Jésus-Christ !

Et voyez, appelant le mensonge à son aide,

Il se dit successeur de l'illustre Fonfrède,

Losque loin des grandeurs, pour lui vides de sens,

Fonfrède seulement ne payait pas le cens !

Mais ce juif, près de vous, pour paraître plus digne,

Vous montre de l'honneur le vénérable insigne ;

Qu'importe — ce ruban n'est pas une raison,

L'honneur est rare.... et lui, se prodigue à foison.

7

D'écarlates rubans, il n'est qu'une fabrique,

Avec du sang Français ils sont teints en Afrique !

Ceux-là, j'aime à les voir, sur l'habit du vainqueur,

Nous indiquer la place où bat un noble cœur ! —

Valant à lui tout seul cette troupe indigeste,

L'honorable Dussaulx pour candidat vous reste ;

Pour ce pur citoyen il vous faut tous voter,

Lui seul est digne ici de vous représenter. —

Mais, crie un électeur, imprudent alarmiste,

Ce Dussaulx tant vanté n'est qu'un légitimiste !

Comme si gravement la légitimité

Était encore en France une réalité. —

La légitimité, ce n'est plus qu'un fantôme

Traînant par l'univers l'espoir d'un vain royaume ;

La légitimité, c'est un culte, un regret,

Un éphémère espoir que l'on garde en secret ;

C'est un vœu que l'on forme, une douce chimère

Qu'en mourant vous légua votre pieuse mère ;

C'est un mythe, une fable, un symbole naïf

Que le Pouvoir parfois semble croire offensif ;

C'est quelque vieux débris que du naufrage on sauve,

Quelques portraits pendus aux murs d'un sombre alcove ;

C'est un fragment d'écharpe ou de blanc pavillon

Gardé comme relique au fond d'un médaillon ! —

Ne vous arrêtez pas à cette fausse alerte

Que répand un rival convaincu de sa perte. —

Légitimiste ou non —votre concitoyen,

Honoré des partis, est un homme de bien. —

Dans peu, de La Réole arrivé dans Libourne,

Je vois, de tous côtés, chaque tête qui tourne :

A l'hôtel, sur la place, au café le bruit court

Qu'un Larochefoucault, seigneur de Liancourt,

Dont les nobles aïeux, connus sur tout le globe,

Vinrent s'éteindre un jour au fond d'un garde-robe,

Où son père, des Rois premier porte-coton,

De Louis-Quinze et Louis-Seize agrafa le bouton ;

Qu'un Larochefoucault, dans sa fanfaronnade,

Prétend qu'il est certain de supplanter Feuilhade,

Et dit que, pour parler de publics intérêts,

Il choisit de l'endroit les meilleurs cabarets ;

Là, trinquant sans façon avec le Duc Decazes,

Ils font aux électeurs de magnifiques phrases,

Et, tout en remplissant leurs verres de vieux vin,

Ils veulent, du forum, qu'on expulse Chauvin. —

Électeurs ! répandez cette liqueur traîtresse,

Redoutez cette main qui flatte et qui caresse,

Et qui pourrait verser quelque filtre enchanté

Pour changer dans vos sens l'erreur en vérité.

Récompensez plutôt le ferme caractère

De Feuilhade affranchi du joug du ministère ;

Faites comprendre, enfin, à votre noble Duc,

Que son pouvoir commence à devenir caduc ! —

De votre ancien tribun, lisez le manifeste :

En vous offrant la preuve, il soutient, il atteste

Qu'il n'a jamais permis à son ancien patron,

Avec aucun pouvoir, de traiter en son nom. —

Pour l'avenir, ces faits sont une garantie,

Cette conduite a droit à votre sympathie,

Et pourquoi voulez-vous aller chercher au loin

Cet homme indépendant dont Libourne a besoin?

Puis, quel rôle a joué votre Duc diplomate,

Qui croyait faire élire un docile automate,

Qui, sous un masque impur, trouvant l'homme de cœur,

Ose publiquement déplorer son erreur?—

Ce Larochefoucault est une créature

Que patrone chez vous sa politique impure.

Électeurs! repoussez ses propos séduisants,

Et craignez votre Duc... jusque dans ses présents!—

Je ne dirai qu'un mot, en forme d'apostille,

Sur le dernier venu, De Richemont-Vertille.

Selon moi, son seul tort est de venir trop tard

Arborer dans le camp un douteux étendard. —

De ce département, franchissant la limite,

Voisin de Bergerac, je m'y rends au plus vite

Pour dire aux Électeurs que la danseuse Essler

Dressa de La Valette à tournoyer dans l'air.

Or, l'ami d'Ibrahim, fort sur la pirouette,

A la Chambre voudrait servir de girouette,

Pour qu'on puisse le voir tourner avec ferveur
Quand soufflera pour lui le vent de la faveur. —

Dans le Blayais la lutte est dans toute sa force
Entre les sieurs Lagrange et de Caumont-Laforce.
Là, je retrouve encor, servile courtisan,
Assidu sigisbé, le rédacteur Méran;
Ne pouvant des tribuns entrer dans la phalange,
Il corrige le sort du marquis de Lagrange,
Ce personnage nul, ridicule Marquis
Dont le *Mémorial* vante l'esprit exquis.
Électeurs qui, tombant dans la décrépitude,
Venez, tous les cinq ans, avec béatitude,
Voter sans examen, pour qu'un pompeux zéro,
Dans le palais Bourbon, garde son numéro,
Aux intérêts publics vous portez un dommage;
Il est temps d'abolir ce déplorable usage
Et de choisir enfin, pour votre député,
Un citoyen de cœur aimé de la cité,

Un homme que le bien du pays intéresse,

Chez lequel le talent remplace la noblesse.

Si de Caumont-Laforce à vos yeux est suspect,

Si dans son cœur réside un seul désir abject,

Dans l'auge du Pouvoir bassement s'il se vautre,

Pour vous représenter il faut en prendre un autre,

Mais non votre Marquis, ce nouveau Carabas,

Devant lequel bientôt, vous crîrez : chapeau bas!

De Blaye, par Pauillac, j'arrive dans Lesparre

Où le combat déjà vivement se prépare.

Mais silence!... écoutez... j'entends tinter le glas

Du Marquis de Lassalle annonçant le trépas. —

Devant ce noir tombeau, cette douleur publique,

Faisons trève un instant au combat politique,

Et si la Providence a combattu pour nous,

Devant un rival mort triomphons à genoux. —

A ce prix je n'ai pas demandé la victoire,

Honorable soldat d'une intègre mémoire!

Je n'ai pas désiré ton infortuné sort,

Je te raillais vivant.... et je te pleure mort!—

Avant de faire ouvrir l'électoral collége,

Vous devez suivre tous son funèbre cortége;

Vous devez respecter, durant les chants du chœur,

Sa loyale croyance éteinte dans son cœur;

Puis, après l'avoir vu dans la tombe descendre,

Rendez pieusement vos devoirs à sa cendre

Qu'on allait décorer d'un plus noble chevron,

Si la mort ne l'eût pris encor chef d'escadron.

Du reste eût-il vécu, sa triste destinée

Voulait qu'il ne fût pas réélu cette année;

Obligé, par état, de ne plus discuter,

Pour le gouvernement de constamment voter,

Et de sacrifier, aux honneurs de son titre,

Son humaine raison, jusqu'à son libre arbitre;

De n'avoir plus au cœur assez de fermeté

Pour retrouver parfois sa morte volonté,

Heureux d'un noble grade et d'une ample fortune,

On allait, pour cinq ans, lui fermer la tribune;

Afin qu'il pût mieux voir ses fougueux étalons
Lutter, grâce à Régis, avec les Aquilons. —
Mais je ne pensais pas qu'un fantôme livide
Aurait, au Parlement, laissé ta place vide.
Loyalement j'aurais attaqué tes défauts,
Je t'aurais combattu — sans m'armer d'une faulx. —
Maintenant, hâtons-nous — le pouvoir qui gouverne
A fait, de son cerceuil, sortir l'hydre de Lerne.
Pour un conservateur qu'emporte le trépas,
J'en vois renaître cent qui courent sur ses pas. —
Allons, l'homme n'est plus, mais reste le principe,
Sur le front de chacun que le deuil se dissipe,
Et de nos libertés, fidèles défenseurs,
Tournons notre étendard contre ses successeurs ! —
Je veux taire les noms, par respect pour Lesparre,
De certains candidats d'une impudence rare ;
Mais parmi vos Lignac et tous vos Camiran,
Je n'en vois pas un seul qu'inspire un noble élan.

DEUXIÈME PARTIE.

Maintenant de retour de ma longue tournée,

Je consacre à Bordeaux ma première journée,

Et vais, sans me plonger dans un trop long repos,

Visiter l'électeur qui vote *extra-muros*. —

C'est là qu'un certain Roul, le pasquin de la Chambre,

Dont l'éloquent discours ne sent pas toujours l'ambre,

Trouve tous les cinq ans un tas de sots bourgeois,

Chauds partisans tout prêts à lui donner leurs voix;

Mais depuis qu'il signa cet article perfide

Dans lequel il prêchait la Gare à Labastide,

Vivement repoussé par un vote fatal,

Il se vit expulser du Conseil-général;

Au sein du Luxembourg, empreinte de roture,

Les pairs n'ont pas voulu cette ingrate figure.

Or, les récents échecs qu'il vient de recevoir,

Pour son élection détruisent tout espoir. —

Pauvre Roul! te bornant à ton petit commerce,

Il faut pour tes clients mettre ton vin en perce;

Ne pouvant plus voter avec tes gras ventrus,

Tu leur vendras plus cher tes vins de méchants crûs.

Pour vos droits méconnus, comme une sauve-garde,

Electeurs! reportez vos votes sur Lagarde;

Il se présente à vous dignement revêtu

D'un vigoureux talent enté sur sa vertu;

Défenseur dévoué, sous son art oratoire,

Il tient électrisés le juge et l'auditoire;

Vous l'entendrez un jour, au Pouvoir répliquant,

Parmi tant d'orateurs, passer pour éloquent;

Au milieu des éclats d'une attaque incisive,

Sa parole jamais n'aborde l'invective,

Et pour le pur langage et le style correct,

Jamais un orateur n'eut un plus grand respect;

Son discours à la fois ardent et pathétique,

Sans emphase pour tous, devient-il sympathique,

Sur sa lèvre on dirait qu'il exprime son cœur,

D'où s'écoule un langage entraînant et vainqueur. —

Voilà pour l'orateur. — Un éclatant symptôme,

Dans votre candidat dénote l'honnête homme ;

Outre son âme pure, empreinte dans sa voix ,

Il suit de la vertu les sentiers les plus droits :

Affable, bienveillant, des avocats l'élite,

Son modeste talent augmente son mérite ;

Juste, et pour nos erreurs , sans faiblesse indulgent,

Sa charitable main s'ouvre pour l'indigent;

Homme qui n'a jamais trahi la foi jurée ,

Pour lui, j'en suis certain la parole est sacrée,

Et ce cœur vertueux , rempli d'un noble orgueil,

A nul instinct pervers ne voudrait faire accueil.

Eh bien ! pensez-vous donc que ces vertus privées,

Depuis ses jeunes ans, sans cesse cultivées,

Pourront, en trahissant l'honneur et le devoir ,

Se faner et mourir au souffle du Pouvoir?

Délaissant, à regret, sa riche clientelle,

Sous le joug, comme Hervé, pensez-vous qu'il s'attelle,

Et qu'il cherche à troquer, en avare rentier,

Son cabinet perdu contre un meilleur métier ?

Daignez me pardonner ce long panégyrique

Qui repose un instant mon esprit satirique ;

D'ailleurs, dans tout Bordeaux, c'est le seul candidat

Auquel j'aurais signé pareil certificat ;

On dirait que chez nous, l'électorale scène,

Devient tous les cinq ans de plus en plus obscène,

Car le premier venu, cabotin de rebut,

Peut, sans engagement, opérer son début. —

Quant aux hommes de cœur et de talent, trop rares,

Ils n'osent, on dirait, abandonner leurs lares,

Et laissent le champ libre à ces publics sauteurs

Exécutant leurs tours devant les Électeurs. —

Je ne sais vraiment pas d'où l'on a, cette année,

Sorti des candidats cette étrange fournée,

Mais je n'ai jamais vu d'aussi menu fretin

Frétiller aux abords de l'urne du scrutin. —

Ainsi que l'on émonde une inutile branche,

Parmi ces concurrents il faut que j'en retranche;

Il faut couper d'abord ces fruits grêlés et sûrs

Qui tombent de leurs branches avant que d'être mûrs.

Au collége du Sud, un candide jeune homme

Qui se croit nécessaire aux besoins du Royaume,

Gout-Desmartre, avocat, poète et bon limier,

Pourchasse l'Électeur jusque dans son *Gerbier,*

Ou, le front ceint d'épis, en parcourant nos halles,

Il rêve quelque loi touchant les céréales;

Tout fier de son traité sur certain Lord anglais,

Il est heureux de voir Londres près de Calais.

Les parents de ta femme, ô mon pauvre poète!

Ont eu le grave tort de te tourner la tête;

Mais en vain t'éloignant du chemin Saint-Genès,

A la Chambre ils voudraient te voir faire florès. —

Puis un juge-de-paix, du beau nom de Ducasse,

Ancien huissier, dit-on, issu d'obscure race,

Qui, depuis sa jeunesse, exécuteur des lois,

Marche toujours courbésous de nombreux exploits;

De son ancien métier se rappelant, je pense,

Voudrait être nommé pour imposer silence.

Qu'ai-je dit? à Libourne on signale l'erreur :

Ducasse ne fut pas huissier.,.. mais Procureur,

Et gagna dans huit ans, ô l'excellente étude!

Trois cent bons mille francs !.. j'en ai la certitude.—

Plus libre maintenant, j'arrive, sans détour,

A Monsieur de Bastard, Conseiller en la Cour.

Ce noble magistrat, homme fort ordinaire,

N'a qu'un titre—celui d'être parent du Maire,

Et d'abuser beaucoup de cette parenté

Pour se faire, à Bordeaux, proclamer député.

Mais il ne suffit pas, pour ta candidature,

Du Maire de Bordeaux d'être la créature;

Non, il ne suffit pas de venir en son lieu,

Du char électoral te fier à l'essieu ;

S'il se casse, tu peux, au milieu de la lutte,

Faire sur nos pavés une mortelle chute.

Que Duffour, ton parent, s'offre pour candidat,

Nous allons, à l'instant, l'honorer du mandat;

Ce n'est point un motif pour que vite on transfère

L'amour qu'on a pour lui sur son obscur beau-frère,

Et la comparaison qu'on fait entre vous deux,

Doit rendre, selon moi, ton succès hasardeux. —

Pour toi, grave Devès, l'amitié fraternelle

Te prévint dans le temps de ce nouveau libelle;

Car, pour mon œuvre alors, épris d'un fol amour,

Toi-même à Némésis tu vins faire ta cour;

Tu n'avais pas besoin, pour conjurer l'orage,

De faire, par un tiers, souscrire à mon ouvrage.—

On ne m'a pas conduit, en moderne Annibal,

Aux pieds des noirs autels d'un génie infernal;

Là, je n'ai pas juré d'aller au bout du monde

Poursuivre des Devès la race trop féconde;

De les provoquer tous par le même cartel

Afin de leur livrer un combat éternel.

Toi surtout, vrai Caton, des magistrats l'exemple,

Grand-prêtre de Thémis dont tu dessers le temple,

Toi qui vécus long-temps ignorant de mon sort,

Qui ne me fis jamais, mon Dieu, ni bien, ni tort,

Pourquoi veux-tu que j'aille, en de menteuses rimes,

Vouloir faire passer tes vertus pour des crimes?

Mais à tes électeurs, je dois le vrai motif

Qui te presse d'entrer au Corps-législatif.

Du Tribunal civil voulant la présidence,

Tu ne peux modérer ta vive impatience ;

Et tu penses pouvoir, une fois député,

Obtenir cet honneur si long-temps convoité.

Or, s'il en est ainsi, si c'est là ton mobile,

Au bonheur du pays tu deviens inutile,

Et l'on ne peut, sachant ce fâcheux précédent,

Au lieu d'un député, nommer un Président.

Ne pouvant faire un choix, — d'une main taciturne,

Électeurs! placez donc ces quatre noms dans l'urne,

Puis, au premier sortant, proclamez au hasard :

Gout-Desmartres, Devès, Ducasse ou de Bastard....

Arrêtez !... Suspendez cet immoral tirage :
On vient de Billaudel réclamer l'héritage !
C'est un homme de cœur, de talent, de travail :
Reprenez votre vote, et nommez Desmirail ! —
Pour Wustenberg, Guizot le tient sous son empire,
Mais je crains que le Nord n'aille en choisir un pire ;
Autrement du bûcher, sans craindre le fagot,
J'aurais, de mille traits, criblé ce huguenot. —
J'applaudis au succès de Ducos (Théodore),
Que le Centre en entier doit réélire encore ;
Pour lutter contre lui, d'indignes concurrents
N'ont pas osé venir se mettre sur les rangs. —

Organe du pays, maintenant je m'arroge
Le droit, en finissant, de faire un noble éloge.
Si contre lui s'élève une seule clameur,
Si l'on me désavoue... à moi seul tout l'honneur !
A cet homme de cœur, d'un mérite modeste,
Qui publia naguère un loyal manifeste,

A ce pur citoyen, digne des anciens jours,

Qui vient de ses travaux d'interrompre le cours,

A Billaudel, rentrant au foyer domestique,

Nous aurions dû voter la couronne civique;

Pour tant de probité, tant de pur dévoûment,

On devait lui souscrire un public monument. —

Ne pouvant autrement récompenser ton zèle,

Aux députés futurs je t'offre pour modèle;

Comme toi, puissent-ils, en sortant du Sénat,

Rendre aussi dignement compte de leur mandat. —

Dix ans, actif tribun, sans repos sur la brèche,

Tu luttas constamment contre un pouvoir revêche!

Dix ans, sans accepter la moindre dignité,

Tu marchas te drapant dans ton intégrité!

Dix ans, sans posséder de fortune apparente,

Tu vécus à Paris d'une modeste rente;

Sans te plaindre jamais, en courageux soldat,

Jusqu'au bout cependant tu soutins le combat. —

Ah! j'ai bien deviné ta généreuse fibre!

Tu cultives ton champ aux bords de notre Tibre!

Et tes travaux finis, nouveau Cincinnatus,

Tu reviens y cacher tes austères vertus....

Mais si, dans ta retraite, un cri de la Patrie

Arrivait déchirant à ton âme attendrie,

S'il te fallait encor recommencer le choc,

Je te verrais quitter la charrue et le soc!

Bordeaux, Typ. de Suwerinck, basar Bordelais.